ひとりよみ名作

バレエ
ものがたり

再話 スザンナ・デイヴィッドソン、
　　 ケイティ・デインズ
絵 アリーダ・マッサーリ
訳 西本かおる

もくじ

4
ねむれる森のびじょ
シャルル・ペロー童話集より
初演 ロシア 1890年

16
コッペリア
E.T.A.ホフマン作の2つの物語より
初演 フランス 1870年

32
白鳥のみずうみ
ロシア民話およびドイツ民話より
初演 ロシア 1877年

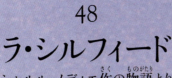

48
ラ・シルフィード
シャルル・ノディエ作の物語より
初演 フランス 1832年

60
ドン・キホーテ
ミゲル・デ・セルバンテス作の物語より
初演 ロシア 1869年

72
くるみわり人形
E.T.A.ホフマン作の物語より
初演 ロシア 1892年

84
リーズのけっこん
ピエール＝アントワーヌ・ボードワンの絵画より
初演 フランス 1789年

94
バレエについて

オーロラひめが16さいのたんじょうパーティーでおどる「ローズ・アダージョ」は、とてもむずかしいことでゆうめいです。

ねむれる森の
びじょ

むかしむかし、遠い国で、うつくしいおひめさまが生まれました。王さまもおきさきさまも大よろこびで、オーロラひめと名づけました。

ねむれる森のびじょ

　王さまは、ひめのたんじょうをいわって、せいだいなパーティーを開き、たくさんの人をまねきました。

　まもなくお城は、音楽とわらい声でいっぱいになり、みんなはダンスをおどりました。

　となりの国のようせいたちもよばれて、生まれたばかりのオーロラひめへのおくりものとして、こんなまほうをかけました。

うつくしくなりますように……
　かしこくなりますように……
　　やさしい心に……
　　　しとやかに……
　　小鳥のような、きれいな歌声に……
　　天使のように、おどれるように……

　ようせいたちは、つえをもってオーロラひめのゆりかごのまわりをくるくる回り、じゅんばんにまほうのこなをふりかけました。

ねむれる森のびじょ

　ところが、さいごにリラの精がおくりものをしようとしたとき、とつぜん、かみなりが鳴りひびき、お城の中に、けむりがながれこんできました。
　あらわれたのは、わるいようせいカラボスでした。赤い目のネズミたちが引く車にのっています。
　カラボスは、王さまとおきさきさまに歩みより、こわい顔でにらみました。

「ほう、おいわいの会かね？　なぜ、わたしをよばなかったんだい？」
「そ、それは……」王さまは口ごもりました。

ねむれる森のびじょ

　カラボスはゆりかごをのぞきこみました。
「むくいをうけてもらおう。オーロラひめ、これがわたしのおくりものだ。おまえは16さいのたんじょう日に、ゆびをさされて、死ぬのだ！」
　カラボスはかんだかい声でわらうと、かみなりの音とともに、きえていきました。

　おきさきさまがオーロラひめをだきしめると、リラの精がふわりと前に出て言いました。
「わたしのおくりものが、のこっていますよ。のろいをとくことはできませんが、よわめてあげましょう。オーロラひめは、死ぬのではなく、ふかいねむりにおちるのです。そして、王子さまのキスで目ざめるでしょう」
　おきさきさまは、なきながら、おれいを言いました。
　王さまは外に出ていって、国じゅうから先のとがったものをすてるよう、おふれを出しました。

ねむれる森のびじょ

　月日がながれ、オーロラひめは、ようせいたちのおくりもののとおり、うつくしく、かしこく、やさしく、しとやかなおひめさまにそだちました。

　16さいのたんじょう日、王さまとおきさきさまは、はなやかなぶとう会を開きました。何人もの王子がやってきて、ひめにけっこんをもうしこみましたが、オーロラひめはおどりにむちゅうでした。

　オーロラひめがくるくるおどりながら、王子たちから、はなれたとき、ひとりのおばあさんがあらわれました。そして、バラの花たばをさしだしたのです。
「おひめさまのために、花をもってきましたよ」
　オーロラひめは「ありがとう」と、花たばをうけとると、高くかかげました。

ねむれる森のびじょ

　花たばを強くにぎったとき、バラのとげがチクリとささりました。ゆびさきから血がひとしずくあふれて、ひめはぐったりと、たおれました。

　おばあさんはマントをひるがえし、かちほこった顔で、「わたしだよ、カラボスだよ！」と言うと、さっさと出ていってしまいました。

　王さまとおきさきさまはオーロラひめにかけよりましたが、ひめは目ざめません。リラの精がふたりをなぐさめました。
「思いだしてください。おひめさまは、死んではいません。ねむっているだけなのです」

　リラの精はつえをふって、お城じゅうにねむりのまほうをかけました。

　じじょたちも、ピエロも、きょくげいしも、お城じゅうの人があっというまに、ねむりにつきました。そして、みるみるうちにツタがのびて、お城のかべをおおい、すっぽりとかくしてしまいました。

　そして、100年がたちました。お城はしずまりかえり、聞こえるのは、ツタが風にゆれる音だけです。

ねむれる森のびじょ

ねむれる森のびじょ

　はるか東の国で、王子が森でシカがりをしていました。ところが、王子はきゅうにそわそわして、馬をとめ、おつきのものたちに先に行くように言いました。なにかがおきるような気がしたのです。人生をすっかりかえてしまう、だいじなことが——。

　王子がひとりになったとたん、目の前にリラの精があらわれました。

「王子さま、これをごらんなさい」

　見あげると、ちゅうできらきら光るオーロラひめのすがたが見えました。王子は、ひめのまぼろしにむかって手をのばしながら、リラの精にたずねました。

「このうつくしい人は、どこのだれですか？」

「わたしについていらっしゃい」

ねむれる森のびじょ

　リラの精は王子をつれて、銀色のみずうみをこえると、遠くに見えるお城のとうをゆびさしました。
「オーロラひめは、あそこでねむっています。ひめをたすけられるのは、あなただけです」
　王子は馬を走らせ、イバラをかきわけて、うっそうとした森をぬけると、高なるむねで、お城の門に手をかけました。すると、どこからか声がしました。
「おまち！　中に入れるわけにはいかないよ」
　ふりむくと、わるいようせいのカラボスが、ぶきみな手をのばして、まほうで王子を引きもどそうとしていました。

「まけるものか」

　王子はオーロラひめに会うために、お城の門をつきやぶって中に入りました。とうにのぼっていくと、石のかべに王子のくつ音がひびきわたりました。

　とうのてっぺんのへやで、オーロラひめがねむっていました。王子はひざまずいて、ひめにキスをしました。

　オーロラひめは目をさまして、王子を見ました。
「やっと来てくれたのね」
　王子はうなずいて、「ぼくとけっこんしてください」と、オーロラひめをだきあげました。

　すると、お城にからみついていたツタが、ほどけてきえていき、人びとがいきをふきかえし、お城ににぎわいがもどってきました。

ねむれる森のびじょ

王さまとおきさきさまは、知らせを聞いて、うれしなみだをながしました。

けっこんしきの日、おいわいのおどりがくりひろげられました。青い鳥が空にまい、おとぎ話の主役たちがつぎつぎとやってきて、おどりをひろうします。

ながぐつをはいたネコが、広間をはねまわります。赤ずきんちゃんが、人びとのあいだを走りぬけ、オオカミが歯をむいて、そのあとをついていきます。

そして、王子とオーロラひめが、くるくる回りながら、ゆめのようなおどりを見せました。さいごに、リラの精がちゅうにういて、つえをふりながらやさしくほほえみ、ものがたりは、ハッピーエンドをむかえるのです。

バレエの「コッペリア」は、ハンガリーに古くからつたわる、音楽とおどりから生まれました。

コッペリア

村(むら)の広場(ひろば)で、みんながおどっています。それを見(み)ていた村長(そんちょう)が、パン、パンと手(て)をたたきました。
「すばらしいお知(し)らせがあります！」

「まもなく、村の教会に新しいかねがやってきます。それをいわって、みなでおまつりをしましょう。おまつりの日にけっこんする人には、とくべつに、金貨をひとふくろ、さしあげます」

はくしゅがわきおこる中、おどっていたむすめのひとり、スワニルダが、恋人のフランツにささやきました。
「フランツ、わたしたちのことかしら？」

フランツは「そうだね」と、ほほえみましたが、どこかうわの空です。

また音楽がはじまって、ふたりはくるくるおどりながら、広場を回りました。

スワニルダはフランツに言いました。
「金貨がもらえるなんて、よかったわね」

ところが、フランツはへんじをしません。

コッペリア

「フランツ、なにを見ているの？」
「えっ？　なんでもないよ！」
　けれど、スワニルダが、フランツが見つめている先をたどると、そこはコッペリウスはかせの家でした。むすめがバルコニーにすわって、本を読んでいます。コッペリウスはかせは、かわった人ですが、むすめのコッペリアは、もっとかわっているのです。
「またコッペリアを見ていたのね！」
　スワニルダは、くやしくてたまりません。
「あの子のどこがいいの？　かわいいけれど、みうごきひとつしないじゃない！　しゃべりもしないのよ！　出かけるところだって見たことないわ。一日じゅう、ずっと本を読んでばかり」
　きゅうにフランツが言いました。
「ぼく、もう帰るよ」

フランツは、スワニルダのおでこにキスをすると、さっさと行ってしまいました。スワニルダは楽しげにおどる人たちの中に、ぽつんととりのこされました。

　帰り道、スワニルダは心配でたまらなくなりました。フランツのことが大すきなのに、フランツのほうはコッペリアにむちゅうなのですから。

　しばらくして、スワニルダは、こっそり村の広場へもどりました。ひとりでコッペリアに会おうと思ったのです。ところが、バルコニーの下に、フランツが立っているではありませんか。

　フランツがよびかけます。「コッペリア！　おねがいだ。口をきいてくれ。きみの声を聞きたくてたまらないんだ」

　そして、バルコニーにむかって、なげキッスをしました。けれど、コッペリアはだまって本を読みつづけるばかり。

「コッペリア、ぼくをくるしめないでくれ。ねえ、こっちをむいて」

　スワニルダは、なみだをこらえました。フランツは、そんなスワニルダにちっとも気がつきません。

コッペリア

フランツが行ってしまうと、スワニルダはバルコニーの下に走っていって、よびかけました。

「コッペリア！　コッペリア！　話があるの。口をきいてちょうだい」

　それでも、コッペリアは本を読みつづけるばかり。

　スワニルダは手をふったり、おじぎをしたり、おどったりもしましたが、コッペリアは見むきもしません。

「わかったわ！　もういい！　それなら、ずっとだまっていればいいわ」

　スワニルダはどなりましたが、それでも、にくたらしいコッペリアはなにも言いません。

　そのとき、スワニルダをよぶ声がしました。

「こっちへ来て、スワニルダ！　手をかしてちょうだい」

　見ると、スワニルダの友だちが、おまつりに使う、はたやかざりを、たくさんかかえています。スワニルダは、いそいでてつだいに行きました。

　スワニルダが、さっきのできごとを友だちに話していると、コッペリウスはかせが、家から出てきました。

コッペリア

「じゃまだぞ！　どけ！」

　コッペリウスはかせは、どなって、さっさと行ってしまいました。そのとき、チャリンと音がしました。

　見ると、道にかぎがおちています。スワニルダはあることを思いついて、友だちにひそひそと耳うちしました。

「ねえ、どう思う？」

　その夜、スワニルダたちは、こっそりコッペリウスはかせの家に行き、ひろったかぎで、とびらをあけました。友だちはこわがって、入ろうとしませんが、スワニルダが手まねきします。そして、みんなでしのび足でかいだんをのぼって、はかせの仕事べやへ……。

へやの中は、おがくずのような、スパイスのような、へんなにおいがしました。おくに、ショールにくるまったコッペリアがすわっていて、ランプのあかりで本を読んでいます。スワニルダは、「コッペリア」とよびかけながら、おそるおそる中に入っていきました。
「フランツのことで、話があるの」
　けれど、コッペリアは見むきもしません。
「コッペリア、おねがいだから」
　近くまで行って、スワニルダはぎょっとしました。
「この子、人間じゃない！　コ、コッペリアは……人形よ！」
「人形？　フランツにはおにあいだわ」
　友だちはわらいながら、コッペリアをゆかにたおしました。
　それから、みんなでへやをたんけんしました。ほこりよけのぬのをめくったり、くらがりをのぞいたり。

コッペリア

　スワニルダは、古びたおもちゃの兵たいを見つけて、ぜんまいをまいてみました。兵たいはウィーンと音をたてて歩きはじめました。
　みんなは、つぎからつぎへと、おもちゃのぜんまいをまいていきました。まもなく、へやじゅうで人形たちの大こうしんがはじまりました。
　「おまえたち、なにをしてる！」
　おこった声がして、ふりかえると、コッペリウスはかせでした。はかせは目をギラギラさせて、むかってきます。
　「出ていけ！　おまえたち！　さっさと出ていけ！」
みんなはいそぎ足で、にげだしました。
「こしゃくなむすめどもめ！」
　はかせはさけんで、コッペリアをやさしくうでにだきました。

コッペリア

　そのとき、バルコニーで大きな音がしました。はかせはコッペリアをいすにすわらせ、ショールをかけると、まどにむかって「だれだ！」とさけびました。
　そこにいたのは、フランツでした。
「どうやって、のぼってきたのかね？うちのコッペリアに会いに来たんだね。むすめは、いつもきみの話をしているよ」
　フランツは顔をまっ赤にして、はかせの前に出てきました。
「はしごをのぼってきました。コッペリアは、ほんとうにぼくのことを話しているんですか？」
　はかせは、ひそかにわらいました。
「そうとも。今夜、むすめに会わせてやろう。まずは、1ぱい、のみなさい」
　コッペリウスはかせはグラスに、いいかおりのワインをそそぐと、「恋する、わかものに！」と言って、フランツにグラスをわたしました。

コッペリア

　フランツがワインをのみほすのを、はかせはじっと見ていました。しばらくすると、フランツはふらふらして、いすにたおれこんで、ねてしまいました。
「しめしめ、うまくいったぞ！」はかせはよろこんで、手をたたきました。
「今夜、ついにコッペリアに、いのちがやどる！　さて、じゅもんの本はどこだったか？」
　コッペリウスはかせは、たなからじゅもんの本をとりだし、コッペリアのショールをはずして、へやのまん中へ、はこびました。

はかせは、両手を大きく広げて、大声でじゅもんをとなえました。
「いだいな力よ！　このわかものから、たましいをうばえ、いのちをうばえ。わかもののしんぞうをとめ、そのかわりに、おとめのしんぞうをうごかせ。コッペリアに、いのちをあたえよ」
　すると、コッペリアが、ぱちり、ぱちりと、まばたきしました。はかせは、いきをのみました。コッペリアは、きょろり、きょろりと、あたりを見ています。
　それから、コッペリアは、はじめて自分の手に気づいたかのように、おそるおそる手をうごかしました。
　やがて、コッペリアは、ゆっくりと……ゆうがに……おどりはじめました。
　はかせの目から、なみだがひとつぶ、おちました。
「じっけんは、せいこうだ！　フランツが死んで、コッペリアにいのちがやどったぞ！」
　じまんのコッペリアが、元気いっぱいにとびはねながら、くるくるおどっているのを見て、はかせは大よろこびです。

コッペリア

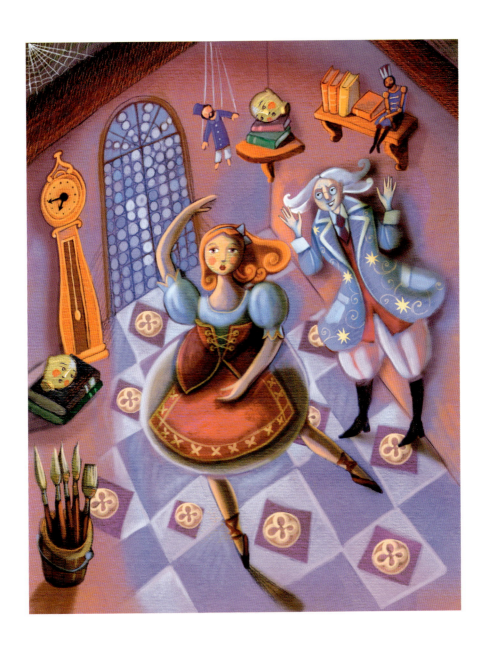

コッペリア

　コッペリアがおどっているうちに、フランツが目をさまして、目をこすりはじめました。それを見たはかせは、びっくりして、コッペリアのほうをむきました。
「なぜだ……？」
　すると、コッペリアがふりむいて、わらいだしました。
「わたし、スワニルダよ！　気がつかなかった？」
　スワニルダは、カーテンをめくって、かくしておいた人形のコッペリアを見せました。
「なんたることだ！　だましたな！　すりかわっていたとは！　なにもかも、だいなしだ。ただではすまんぞ！」
「にげましょう、フランツ、早く！」
　スワニルダはフランツの手をつかんで、かいだんをかけおり、外にとびだしました。

コッペリア

　かどをまがったところで、フランツが言いました。
「ぼくがばかだった。きみのおかげで、たすかったよ」
「あなたがバルコニーをよじのぼっているのが見えたの。あの頭のおかしな男になにをされるか、心配で、ほうっておけなかった。ほんと、あなたは大ばかよ」
　そう言いながら、スワニルダはほほえみました。
「でも、愛してるわ」
　つぎの朝、おまつりがはじまりました。新しいかねの前で、みんなにかこまれているのは、けっこんしたばかりのフランツとスワニルダでした。

バレエ「白鳥のみずうみ」では、オデットとオディールは、たいてい一人のダンサーが、一人二役でえんじます。

白鳥のみずうみ

むかし、あるお城で、王子さまの21さいのたんじょう日をいわう、せいだいなパーティーが開かれました。

白鳥のみずうみ

　トランペットが高らかに鳴りひびきました。ジークフリート王子の登場です。人びとは、声をそろえて言いました。
「王子さま、おたんじょう日、おめでとうございます！」
　オーケストラのえんそうがはじまり、人びとがペアになってワルツをおどりました。ジークフリート王子が、にこにこしながら見ていると、おきさきさまが近づいてきました。オーケストラはしずまり、村人たちはぴたりと足をとめ、家来たちはふかぶかとおじぎをしました。
「たんじょう日のおくりものです」
　おきさきさまはジークフリート王子に、りっぱなゆみをわたしました。
「お母さま、ありがとうございます」

「あなたはもう21さいになったのですから、けっこんしなければなりません。あしたのぶとう会には、国じゅうのうつくしいむすめがあつまります。その中から花よめをえらぶのです」

34

白鳥のみずうみ

　おきさきさまは、へんじをまたずに、さっさと行ってしまいました。
　音楽がながれはじめましたが、楽しそうだったジークフリート王子の顔は、すっかりくもっていました。
「さあ、元気を出して。今夜、かりに行きましょう」
　王子の友だちがさそいました。王子は、かりが大すきだったので、よろこんで行くことにしました。
　ちょうどそのとき、白鳥のむれが空高くとんでいきました。白いつばさが月の光をあびて、きらきらかがやいています。
「おいかけよう！」
　ジークフリート王子は、新しいゆみをかかげ、先頭に立って森に入っていきました。

白鳥のみずうみ

　ジークフリート王子は、おきさきさまのことばをわすれようとしましたが、心に重くのしかかったままでした。みずうみのほとりについたとき、ひとりになりたくて、なかまたちに先に行くように言いました。
　王子はみずうみに石ころをけりながら、つぶやきました。
「けっこんなんて、まだ早いのに」
　さざなみが広がるのを見つめていると、銀色の水面に、白鳥たちがしずかにまいおりました。王子はゆっくりとゆみをもちあげ、ねらいをさだめたところで……あっとおどろいて手をとめました。
　近くの白鳥が水の上に立ちあがり、雪のように白い羽をバタバタうごかすと、うつくしいむすめに、へんしんしたのです。わた毛のような、ふわふわの白いドレスをきて、月のようにかがやく、うつくしいかんむりをつけています。むすめはゆったりと歩いて、きしに上がりました。
「きみはだれ？」
　ジークフリート王子がおどろいてたずねると、むすめはおびえて、あとずさりしました。

白鳥のみずうみ

白鳥のみずうみ

　王子はゆみをおろしました。
「こわがらないで。なにもしないよ。ぼくはジークフリート王子だ。きみの名前は？」
　ジークフリート王子のやさしい顔を見て、おだやかなことばを聞くと、むすめはほっとしました。
「わたしはオデット。白鳥の女王です」
　オデットは、やわらかな音楽のような声で言いました。
　オデットがほかの白鳥に手まねきすると、白鳥はつぎつぎとうつくしい少女にかわりました。きらきら光ってとてもきれいなのに、みんな、かなしい目をしています。オデットが言いました。
「わたしたちは、のろいで、白鳥にかえられてしまいました。ほんとうのすがたにもどれるのは、夜だけなのです」
　ジークフリート王子はぞっとしました。
「だれが、そんなひどいことをしたんだ？」

白鳥のみずうみ

「ロットバルトという、わるいまほう使いです。まいばん、フクロウにへんしんして見はりに来ます」
「のろいをとくことは、できないのか？」
　オデットは、しずかに首をふりました。「いいえ。だれかがわたしに、えいえんの愛をちかわないかぎり」
　ジークフリート王子は、むねがいっぱいになり、なんとしてもオデットをたすけようと思いました。月あかりの中、王子はオデットをうでにだいて、おどりました。ゆめのようなおどりでした。ほかの少女たちも、きぼうをむねに、手をつないでおどりました。

　ところが、このようすを、ロットバルトが見ていました。
「あの王子に、のろいをとかれてなるものか」

夜が明けるとき、くらがりから、ロットバルトがすがたをあらわし、つばさを広げてジークフリート王子の前に立ちました。
「みずうみにもどれ！」
ロットバルトは、白鳥の少女たちにめいじました。
「のろいをといてやってくれ！」王子はさけびましたが、ロットバルトはあざわらっただけでした。
　オデットは王子のうでをはなれ、白鳥にもどって、とんでいきました。王子はオデットにさけびました。
「オデット、愛しているよ。かならず、たすけるから」
　ジークフリート王子のたんじょう日のぶとう会には、ヨーロッパじゅうからお客が来ました。おきさきさまは、王子がどんなむすめを花よめにえらぶか、楽しみにしています。ジークフリート王子は、うつくしいむすめたちと、つぎつぎにおどりましたが、ぼんやりと遠くばかり見ていました。

　さいごのおどりがおわると、おきさきさまが王子のほうに歩いてきました。「さて、だれを花よめにえらぶのです？」
　広間がしんとしずまりました。みんながジークフリート王子を見つめます。
「だれとも、けっこんしません」
　王子はきっぱりと答えました。だれもが、いきをのみました。おきさきさまはおこって、顔をまっ赤にしました。
　そのときです。ドーン！　と、かみなりのような音がして、みんなはふりむきました。入り口に、くらい色のマントをはおった、せの高い男と、黒いドレスのうつくしいむすめが立っています。

マントの男は「アジオこうしゃく」と名のりました。

　ジークフリート王子は、黒いドレスのむすめをひと目見て、かけよりました。「オデット！　きみはオデットだね？」

　音楽がはじまり、王子はむすめの手をとって、まほうにかかったように、うっとりしながらおどりました。

　アジオこうしゃくが、かちほこった顔で見ているのに気づかずに……。まどの外に、ほんもののオデットがいるのにも気づかずに……。

　まどの外のオデットは、おそろしいできごとを見て、ふるえていました。そして王子に知らせようと、いっしょうけんめいまどをたたきました。けれど、その音は王子の耳にはとどきません。

　音楽がおわると、ジークフリート王子は、見ていた人たちにむかって、どうどうと言いました。

「わたしは、この人を花よめにえらびます」

「愛していると、ちかいますか？」アジオこうしゃくがたずねました。ジークフリート王子はすぐさま、「ちかいます」と、答えました。

白鳥のみずうみ

白鳥のみずうみ

　すると、耳をつんざくようなわらい声がひびいて、アジオこうしゃくはロットバルトのすがたになりました。
「おまえは、わしのむすめオディールに、愛をちかった！これでもう、オデットはすくえないぞ。オデットはえいえんに、わしのものだ」
　ジークフリート王子は、うめき声をあげました。
　また、かみなりのような音がして、ロットバルトとそのむすめは、きえていきました。
　ジークフリート王子は、たまらなくなって、お城からぬけだしました。みずうみに走っていくと、白鳥の少女たちがオデットをとりかこんでいました。
　ジークフリート王子は、オデットの前にひざまずきました。
「すまない、オデット。ロットバルトが、まほうで自分のむすめを、きみにそっくりなすがたにかえていたんだ」

「ぶとう会のようすを見ました。だまされないでと、お知らせしたかったのです。けれど、もうわたしたちは、むすばれません」

「でも、ぼくはきみに会いに来た」

ジークフリート王子はささやきました。

そのとき、くらいかげが、ふたりをつつみました。うしろに、ロットバルトが、おりたったのです。

「もうおそいぞ！　オデットは、わしのものだ」

ロットバルトは、つばさでオデットをとらえ、王子から引きはなしました。

「そうはさせるか！」ジークフリート王子は、ロットバルトにとびかかりました。けれど、ロットバルトはわらいながら、かるがるととびのき、王子は地面にたおれてしまいました。

白鳥のみずうみ

　ジークフリート王子が立ちあがって、もういちど、とびかかっていくと、こんどは、ロットバルトはよろめきました。ロットバルトのつばさがゆるんだすきに、オデットはするりとにげて、みずうみのそばのがけに上がっていきました。
　そして、王子のほうをふりかえって、目になみだをうかべて言いました。
　「ゆるしてください。のろいをとくには、こうするしかないのです」
　オデットは両手を高く上げて、がけからとびおりました。
　「おいていかないでくれ！」
　ジークフリート王子は、がけにのぼると、オデットをおって、とびおりました。
　銀色のみずうみがふたりをつつみこみ、ロットバルトはうめき声をあげて、地面にたおれました。

白鳥のみずうみ

　ジークフリート王子のオデットへのひたむきな愛が、ロットバルトのまほうにかったのです。白鳥の少女たちはしずかに立ちつくし、みずうみの上に日がのぼるのをながめていました。のろいがとけて、少女たちはもとのすがたにもどれましたが、たいせつな女王をうしなったのです。
　そのとき、みずうみで、なにかがうごくのが目に入りました。水しぶきを上げて、2わの白鳥があらわれたのです。
　朝の光の中、空にとびたった2わの白鳥は、ぴったりとよりそっていました。もうにどと、はなればなれにならないように。

「シルフィード」とは、フランス語で、空気の精といういみです。

ラ・シルフィード

　スコットランドのある村でのお話です。夜明けに、ひじかけいすで、ジェイムズがいねむりをしています。きょうは、ジェイムズのけっこんしき。ところが、ゆめの中に出てきたのは、こんやく者のエフィではなく、うつくしいようせい、シルフィードでした。

ラ・シルフィード

　おでこにそっとキスをされて目をさますと……そこには、ゆめで見たうつくしいシルフィードがいました。シルフィードはくるくるとおどりながら、さっていきます。ジェイムズはさけびました。

「まって！　きみは、だれ？　まぼろしなのか？」

　手をのばすと、シルフィードは、ふわふわとだんろのほうへ行き、えんとつにきえてしまいました。ジェイムズは友だちのグァーンをよびました。

「見たか？」

　グァーンはねむそうな顔であらわれました。

「見たって、なにを？」

「女の人だ。あんなきれいな人は見たことがない」

　そこへ、こんやく者のエフィが入ってきました。グァーンが「エフィ！」と声をあげて、かけよりましたが、エフィは大すきなジェイムズしか目に入りません。

ラ・シルフィード

「きょうはいよいよ、わたしたちのけっこんしきね」
　エフィはほほえみました。ほほがピンク色になっています。
　ジェイムズもにっこりわらいましたが、だんろのほうを、ちらちら見ずにはいられません。見ると、シルフィードのいたところに、うすぎたないおばあさんが立っていました。
　ジェイムズはおばあさんに、「なんだ、あんたは？　出ていけ！」と言いました。
「あたしゃ、わるさはしないよ。うらないをしに来ただけさ」とおばあさんが言うと、エフィはよろこびました。
「まあ、ぜひ、うらなってください。わたしたち、子どもは何人さずかるかしら？」
　おばあさんはエフィの手をとり、ジェイムズにも手を出すよう言いました。

ラ・シルフィード

　おばあさんは、ふたりの手相をじろじろと見て、エフィに言いました。
「あんたは、もうすぐけっこんするが……」
　エフィはうれしそうに、うなずきました。
「あいては、この男じゃないね」
　ジェイムズは手を引っこめて、どなりました。
「ばかなことを言うな！」
「エフィ、安心をし。あんたはこの男の友だちとけっこんすることになる。この男より、ずっといい」
　ジェイムズは、おばあさんをおいだそうとしました。
「いいかげんにしろ！　にどと、この家に近づくな」
　おばあさんは、「あとでくやんでも知らないよ」と言いのこして、出ていきました。
　ジェイムズはエフィに言いました。
「頭のおかしい、ばあさんだ。きょうは、ぼくたちのけっこんしきだというのに」

ラ・シルフィード

　エフィはジェイムズのことばをしんじたくても、小さな不安がきえません。
「けっこんしきの日だから、きんちょうしているだけよね」
　エフィは自分に言い聞かせて、したくに出かけました。
　ひとりのこったジェイムズが、もの思いにふけっていると、まどに人かげが見えました。気のせいかと思ったら、まどがあいて、さっきのシルフィードが、ふわふわととぶように入ってきたのです。
　あまりのうつくしさに、ジェイムズは、つい手をのばしたくなりましたが、ぐっとこらえました。
　シルフィードは、ささやきました。
「あなたがすきよ。わたしのこと、すき？」
「それは、いけないよ。ぼくはエフィとけっこんするんだから」

ラ・シルフィード

「あら、エフィとけっこんしなくても、いいのよ」
　シルフィードはそう言って、くるくる回ったり、さっと近づいたり、じらしたりしながら、ジェイムズにまほうをかけ、ジェイムズはうっとりと、シルフィードに見とれました。

　はっと気づくと、そのようすを友だちのグァーンに見られていました。ジェイムズは、あわててシルフィードをいすにすわらせ、上からもうふをかけて、かくしました。
　けれど、グァーンは大声でエフィをよびました。
「エフィ、今すぐおいで！　ジェイムズのへやに、ほかの女がいる」
　足音がひびいて、エフィが友だちをつれて、かけこんできました。グァーンはいすにかけよって、もうふを引きはがしましたが……そこにはだれもいません。
「おかしいな」グァーンは首をかしげました。
　ジェイムズは、ほっとむねをなでおろしました。

　けっこんしきの音楽とおどりが、にぎやかにはじまりました。エフィとジェイムズは、えがおで見つめあっています。すばらしいけっこんしきです。

　ところが、ふとジェイムズの目に、シルフィードのすがたがうつりました。ほかの人には見えないのに、ジェイムズだけは、あちらこちらでシルフィードを見かけるのです。

　シルフィードは、「ジェイムズ、ついてきて。けっこんしきなんてぬけだしなさい。もういいでしょう？」と、目でゆうわくします。

　花よめと花むこが、ゆびわのこうかんをするとき、シルフィードは、ジェイムズのゆびわをさらって、にげていきました。ジェイムズはまよわず、あとをおいました。

　「ジェイムズ！」エフィは、おどろいてさけびました。

ラ・シルフィード

　そのころ、きりにつつまれた森で、うらないのおばあさんが、のろいをかけていました。大きななべをにたてて、そのまわりでおどりながら、じゅもんをとなえます。
　　まほうのベール、ききめはたしか。
　　ジェイムズだまして、だいなしにしろ。
　おばあさんは、なべから白いベールを引っぱりだして、ものかげにかくれました。
　そこへ、シルフィードとジェイムズがやってきました。ジェイムズは、シルフィードをだきしめようとしますが、空気の精なので、なんどつかまえても、するりとにげてしまいます。シルフィードは、姉妹といっしょに森の中をとびまわり、ジェイムズは立ちつくしました。
　そのとき、おばあさんのがらがら声が聞こえました。
「このベールをあげよう。これをシルフィードのかたにかければ、あのようせいは、あんたのものだよ」
　ジェイムズは、あやしいと思いましたが、シルフィードたちが遠ざかっていくのを見て、おばあさんのベールをとって、あわてておいかけました。

ラ・シルフィード

ラ・シルフィード

　そのあと、エフィとグァーンが森にやってきました。
「ジェイムズは、どうして、あんなふうに出ていってしまったのかしら。自分のけっこんしきなのに……」
「けっこんしたあとで、きみをうらぎるよりはいいよ」
　グァーンはそう言って、エフィの手をとりました。
　そのとき、おばあさんのがらがら声がしました。
「ああ、わたしのうらないのとおりだ。エフィ、おまえはもっといい男とけっこんすると言っただろう」
「へんなことを言わないで」エフィが言いました。
「ほう、そうかね？」おばあさんはほほえみました。
　すると、グァーンがエフィの前にひざまずきました。
「うらないのとおりだよ。ぼくたち、むすばれるべきなんだ。エフィ、ぼくとけっこんしてください」
　しずんでいたエフィの顔が、ぱっとかがやき、ふたりは森を出ていきました。

いっぽうジェイムズは、そんなことは知らずに、むちゅうでシルフィードをおいかけていました。
「まってくれ！　きみとぼくが、むすばれる道を見つけたんだ」
　ふわふわとんでいたシルフィードが、そっとおりてきて、ジェイムズのよこに立ちました。ジェイムズはそのかたに、やさしくベールをかけて、だきしめました。すると、シルフィードはかなしいさけび声をあげて、きえてしまいました。
　そのとき、エフィとグァーンのけっこんしきのかねが鳴りひびきました。
　おばあさんが、がらがら声で言いました。
「あわれなジェイムズよ。おまえは、手のとどかないものをもとめたせいで、なにもかも、うしなったのだよ」

このバレエの主役は、キトリとバジルです。ドン・キホーテの役は、かなり年上のダンサーが、えんじます。

ドン・キホーテ

お いぼれのドン・キホーテが入ってきて、みんなこそこそうわさをします。
「あいつは頭がおかしいぞ。いつも騎士の本を読んでばかり」
「自分のこと、騎士だと思いこんでいるんだ」

ドン・キホーテ

　ドン・キホーテは本にむちゅうで、まわりが目に入りません。騎士になったつもりで、そうぞうの中で、やりでたたかったり、大男ととっくみあったり、おとめたちをたすけたりしているのです。ドン・キホーテは、いすにすわり、目をとじて、ゆめの世界へ……。
　ガラスがわれる音で、ドン・キホーテは目をさましました。友だちのサンチョ・パンサが、まどをつきやぶって入ってきたのです。そのうしろから、女たちが、むれをなして、わめきながらおいかけてきます。
　「あの男、うちのガチョウをぬすんだのよ！」
　ドン・キホーテはどなりました。
　「うるさいぞ！　あんたたちの声でゆめからさめた。みんな出ていけ！」
　ドン・キホーテは女たちをおいはらうと、しずかになるのをまって、サンチョ・パンサに言いました。

ドン・キホーテ

「サンチョ・パンサ、ぼうけんの旅に出ることにしたぞ。わしは、ドラゴンや巨人をやっつけて、おとめたちをまもる騎士だ。おまえは家来だ。ついてこい。さて、わしのかぶとはどこにいったのやら……」

ドン・キホーテは、せんめんきを手にとって、ひょいと頭にかぶりました。

「それから、やりだ」

ずっしりした、てつの火かきぼうを手にとりました。

「じゅんびはよいか？」

サンチョ・パンサは、おどろきましたが、頭のおかしいドン・キホーテに合わせるしかありません。

「はい、じゅんびはできました」と答えました。

町の広場に近づくと、ドン・キホーテは「よし！ これから、ぼうけんがはじまるぞ」と言いました。

ドン・キホーテ

　ある宿屋の前に、人だかりができていました。ダンサーたちが、もえるような赤い色のマントをふりかざして、道ゆく人におどりを見せているのです。

　マントをひるがえしながら、あっちへこっちへ、かるがるととんで、ウシとのたたかいの場面をえんじています。
　おどりがおわると、ドン・キホーテは宿屋の主人に声をかけました。
「ごきげんよう。この城の、あるじだな？　そして、そなたは……」と、宿屋のうつくしいむすめのほうをむきました。
「おお、わが心の恋人、ドルシネアひめ！」
　宿屋のむすめは首をふりました。

64

ドン・キホーテ

「いいえ、わたしの名前はキトリ。わたしの恋人はバジルよ」

これを聞いて、キトリの父親がおこりました。「バジルのようなびんぼう人など、ゆるさんぞ。おまえはここにいる、お金もちのガマーシュさまとけっこんするのだ」となりには、りっぱなみなりの男、ガマーシュが立っています。

ガマーシュは、キトリにふかぶかとおじぎをしましたが、キトリは手でふりはらって、そっぽをむきました。

ドン・キホーテとガマーシュが、宿屋に入っていったあと、広場でまっているサンチョ・パンサは、わかものたちに、からかわれてしまいます。くるくる回されたり、ちゅうになげられたり……。ドン・キホーテが宿屋からとびだしてきて、「やめろ！」とさけびました。宿屋の主人もあとからついてきて、たずねました。

「うちのむすめはどこだ？」

ガマーシュも出てきて、わかものたちを見まわしました。

ドン・キホーテ

「キトリがいないぞ！　バジルもだ！」

「ガマーシュさま、なんとかしてさがしましょう！　キトリが見つかったら、かならずや、あなたとけっこんさせます」

ガマーシュと、宿屋の主人が話しているよこで、ドン・キホーテが、サンチョ・パンサにささやきました。

「わしらも行くぞ！　家来よ、ついてこい。キトリの心は、ガマーシュにはない。キトリを恋人のバジルとけっこんさせてやろうではないか」

ドン・キホーテとサンチョ・パンサは、町を出て、丘をこえてすすんでいきました。大きな風車がそびえたち、そのはねが、巨人のうでのように見えます。ドン・キホーテは風車をゆびさして、わめきました。

「巨人め。よし、かかっていくぞ！」

サンチョ・パンサは、「やめてください！」と声をかけましたが、ドン・キホーテをとめることなどできません。ドン・キホーテは、やりをふりまわしながら、まっしぐらに風車にむかっていきました。

ドン・キホーテ

ドン・キホーテ

　おりてきた風車のはねにマントが引っかかり、ドン・キホーテは風車の上まで、もちあげられてしまいました。サンチョ・パンサはあわてましたが、どうしようもありません。そのあと、ドン・キホーテは、まっさかさまに地面におちました。

　サンチョ・パンサがかけよりましたが、ドン・キホーテはぐったりたおれたまま、目をさましません。そのままゆめの中にただよっていきました。

　ゆめの中に登場するキトリは、ドン・キホーテにとっては、心の恋人ドルシネアひめ。まわりには、木の精や、ようせいたちがあつまっています。

　ようやく、ゆめからさめたとき、ドン・キホーテは、宿屋にねかされていました。キトリとバジルがそばに立って、見まもっています。

ドン・キホーテ

「サンチョ・パンサが、あなたをここまで、はこんできたのよ」キトリは言いました。

　ところがそのとき、キトリの父親がガマーシュをつれて入ってきました。「キトリ、もうにがさないぞ。おまえはガマーシュさまとけっこんするのだ」

　それを聞いたバジルは、「キトリをうしなうなんて、たえられない！」とかなしい声でさけぶと、けんで自分のむねをつきました。キトリは、なきわめきながら、たおれたバジルに、だきつきました。

　ドン・キホーテは言いました。
「なんと、いたましい！　おい、宿屋の主人、キトリとバジルのけっこんをみとめてやるべきだったのだ」

ドン・キホーテ

「父さん、バジルのさいごのねがいを聞いてあげて」キトリが父親にたのみ、ドン・キホーテもみかたをしました。

「そうだ。けっこんをゆるしてやれ。バジルはもう、死んでしまう。さいごに、ねがいをかなえてやれ」

宿屋の主人は、まじめな顔になりました。

「わかった！ しかたがない。けっこんをゆるそう」

それを聞くなり、たおれていたバジルが、ぴょんと立ちあがって、よろこびの声をあげました。

主人は顔をしかめました。

「おまえ、ぴんぴんしているじゃないか。だましたな」

キトリはにっこりわらって、バジルの手をとりました。

「わたしたち、けっこんできるのね！」

そして、ドン・キホーテのほうをむきました。

「ありがとう。あなたは、けっこんしきのいちばんたいせつなお客さまよ」

ドン・キホーテ

にぎやかなけっこんしきが、はじまりました。みんな生き生きとおどります。ドン・キホーテは、やさしいえがおで、みんなを見つめました。

キトリがうれしそうに言いました。
「ゆうかんな騎士さん、ありがとう！ ちゅうじつな家来のサンチョ・パンサも、ありがとう！ あなたたちのために、おどります」

そして、キトリとバジルは広間をくるくる回りながらおどり、人びとは、かんせいをあげました。

ドン・キホーテは言いました。
「わしらの役目はおわった。キトリはめでたく恋人とむすばれた。さて、サンチョ・パンサ、そろそろ帰るぞ」

バレエ「くるみわり人形」は、毎年クリスマスのころにえんじられます。

くるみわり人形

クリスマス・イブのことです。もうすぐシュタールバウム家でパーティーがはじまります。クララは、ツリーにさいごのかざりをつけました。お母さんも、「きれいね！」と、うれしそうです。

くるみわり人形

　やがて、へやの中は、音楽とわらい声でいっぱいになりました。そこへ、黒いマントのおじいさんが入ってきました。ほかの子たちは、こわがって近づきませんが、クララと兄のフリッツは大よろこびで、かけよりました。ふたりが大すきな、おもちゃしょくにんのドロッセルマイヤーさんだったからです。
「すごいものをもってきたよ」
　ドロッセルマイヤーさんはそう言って、人間と同じ大きさの、ぜんまいじかけの人形をふたつ、とりだしました。
　ぜんまいをまくと、人形がぴくっとうごきだして、みんなはおどろきました。かわいいピンクの人形は、ゆうがにくるくるとおどりました。明るい色のピエロの人形は、とびはねたり、回ったりしました。

くるみわり人形

　人形のおどりがおわると、ドロッセルマイヤーさんは、クララと兄のフリッツをよんで、小声で言いました。
「きみたちにプレゼントがあるんだ」
　フリッツがつつみをあけると、りっぱなたいこが入っていました。それなのに、フリッツはおれいも言いません。クララのもらった木の兵たいが気になってしかたないのです。
「くるみわり人形だよ。いいかい、見ててごらん……」
　ドロッセルマイヤーさんが、兵たいの口にくるみを入れて、パチンとわりました。クララはくるみわり人形をうけとると、ぎゅっとだきしめて、「ありがとう」と言いました。
　フリッツは、うらやましくなって、「ぼくにもやらせろ」と、くるみわり人形を引ったくりました。そして、いちばん大きなくるみをえらんで、むりやり口におしこみました。

くるみわり人形

「フリッツ、やめて！」
　クララはさけびましたが、兵たいはまっぷたつにわれてしまい、フリッツはにげていきました。クララはかなしくなって、ドロッセルマイヤーさんを見あげました。
「だいじょうぶ。なおしてあげよう」
　ドロッセルマイヤーさんが、ふしぎな手つきでハンカチをゆらすと、くるみわり人形はもとどおりになりました。
　クララは、ツリーの下に、くるみわり人形をそっとおいて、友だちとおどりはじめました。
　やがて、パーティーがおわりました。お客さんはみんな帰って、家族もねしずまっています。ねまきをきたクララが、そっとかいだんをおりてきました。そして、くるみわり人形を手にとって、やさしくだき、そのままねむってしまいました。
　ま夜中に時計が鳴って、クララは目ざめました。あたりはぶきみなほど、まっくらです。なんだか、クリスマスツリーが、ぐんぐん高くなっていくように見えました。それとも、クララが、ちぢんでいるのでしょうか？

くるみわり人形

　ガリ、ガリ。おかしな音がして、クララはっとしました。くらがりから、わるものの大きなネズミたちが、歯をむいておそいかかってきたのです。
「たすけて！」クララはさけびました。
　そのとき、なんと、くるみわり人形がうごきだしたのです。クララは目をぱちくりしました。くるみわり人形がめいれいすると、おもちゃの兵たいたちが木ばこから出てきて、こうしんしました。くるみわり人形は、「かかれ！」とさけびました。たたかいがはじまり、けんとけんが、はげしくぶつかりあいます。

くるみわり人形

　やがて、みんなたおれてしまい、のこるは、くるみわり人形とネズミの王さまだけになりました。
　ネズミの王さまが「その子をよこせ」とせまりました。くるみわり人形が「わたすものか！」と立ちむかいます。ところが、くるみわり人形は、どんどんすみにおいつめられてしまいました。
「たすけなくちゃ」
　クララはスリッパをぬいで、ネズミの顔をめがけてなげました。
　パーン！　と、スリッパがめいちゅうして、ネズミはどさりとたおれました。
　クララがふりかえると、くるみわり人形はいつのまにか、ハンサムな王子さまに、へんしんしていました。
「たすけてくれて、ありがとう。おれいに、ぼうけんにつれていってあげよう」

くるみわり人形

　王子さまがそう言ったとたん、かべがきえて、なくなりました。ふたりは雪の森にいます。空からふってくる雪たちが、くるくる回って、雪の精になりました。雪の精のうつくしいおどりを、クララがうっとりとながめていると……。

　王子さまは、またべつの世界にクララをつれていきました。王子さまは言いました。
「ようこそ、ぼくの国へ。ここは、おかしの国だよ」

くるみわり人形

くるみわり人形

　クララはびっくりしました。どこを見ても、おいしそうなものばかりなのです。山のてっぺんにはホイップクリーム。空にはマシュマロの雲。ゼリービーンズの小道にはキャンディーの木がならんでいます。そのむこうには、さとうをまぶしたピンクのお城があって、ホワイトチョコレートのとうがたっています。

　クララと王子さまが近づいていくと、きらめくチュチュをきた、きれいな女の人があらわれました。

「クララ、しょうかいしよう。こんぺいとうの精だ」

　こんぺいとうの精が、うやうやしくおじぎをします。クララもどきどきしながら、まねをしました。

「どうやってここへ来たの？」

　こんぺいとうの精がたずねました。

　ネズミの王さまとたたかった話を聞くと、こんぺいとうの精は手をたたいて大よろこび。

「それでは、みんなでおどりましょうよ！」と言って、ふたりを大広間につれていきました。そこには、おいしそうなごちそうが、ずらりとならんでいました。

くるみわり人形

　トランペットとカスタネットがにぎやかに鳴り、さいしょのおどりがはじまりました。ファンダンゴという、スペインのおどりです。ダンサーたちは茶色いビロードのドレスをきて、チョコレートの中にいるかのようにおどっています。

　つぎは、アラビアのおどり。うすいきぬのふくをゆらゆらさせて、コーヒーカップから、たちのぼるゆげのように、ゆれうごきます。

　そのあと、よこぶえの音色とともに、中国のお茶の元気なおどりがはじまりました。つづいて、ロシアのおどり。高くジャンプして、力強くちゅうをけっておどります。

　クララは、にこにこわらって、手をたたきました。やがて、花のドレスをきたダンサーたちのかわいらしいワルツがはじまると、クララは音楽に合わせて、体をゆらしました。

くるみわり人形

　さいごに、王子さまがこんぺいとうの精の手をとってふたりでおどると、みんながうっとりと見とれてしまいました。
　クララは、いつまでもこのまほうの世界にいたいと思いましたが、ダンサーたちは１れつにならんで、わかれのあいさつをしました。
「ほんとうにどうもありがとう」クララは言いました。
「どういたしまして」こんぺいとうの精は答えました。
　クララは「ずっとここにいたい」と、王子さまにだきついて、なみだがこぼれないように目をとじました。
　つぎに目をあけたとき、そこは自分の家でした。クララはツリーの下で丸くなっていたのです。王子さまは、もとのくるみわり人形のすがたで、クララのうでの中にいました。
「ぜんぶゆめだったの？」
　クララはくるみわり人形にといかけました。くるみわり人形はただ、しずかにほほえんでいました。

フランス語のタイトルは、「ラ・フィーユ・マル・ガルデ」です。今もえんじられるバレエ作品の中で、もっとも古いものです。

リーズのけっこん

夜が明けました。リーズの家ののうじょうでは、おんどりが朝をつげ、めんどりがコッコッと鳴きました。リーズは恋人のコーラスをさがして、外へかけだしてきます。

リーズのけっこん

「あら、いないわ」リーズはためいきをつくと、コーラスへの愛のしるしとして、ピンク色のリボンを門にまきつけて、しょんぼりと、うちにもどっていきました。

しばらくすると、コーラスがやってきました。リーズのリボンをとって、もってきた木のぼうにむすぶと、うれしそうにリーズをよびました。

ところが、顔を出したのは、リーズの母親のシモーヌでした。「あっちにお行き。うちのむすめは、あんたのようなびんぼう人とは、つきあわせないよ。あの子は、お金もちのアランとけっこんするんだからね」

リーズはコーラスと会いたくてたまりませんが、母親のシモーヌにバターを作る仕事を言いつけられました。けれど、シモーヌが目をはなしたすきに、リーズはコーラスのところへ走っていきました。ふたりは、うっとりしながら、おどります。ピンク色のリボンを手にまきつけたり、くるくる回り

リーズのけっこん

ながら、リボンをこしにまいたり、ほどいたり。けれど、シモーヌの声がして、コーラスはあわててにげていきました。
　シモーヌは、リーズに言いました。
「バターがちっともできていないじゃないか！　いったい、なにをしていたんだい？」
「なんでもないわ」リーズはうそをつきました。
「もし、あのろくでもないコーラスという男と会っていたなら……」シモーヌがそう言いかけたとき、アランとその父親が、ポニーの馬車にのって、のうじょうに入ってきました。アランは、お気に入りのかさをにぎりしめて、リーズを見ながら、にたにたわらっています。
　アランの父親が言いました。「はたけに、しゅうかくのまつりに行くんだ。いっしょに来なさい」

リーズのけっこん

　リーズとシモーヌは馬車にのりこんで、しゅうかくのおまつりに行きました。そこには、恋人のコーラスも来ています。
　アランの父親は「ふたりでおどりなさい」と、リーズとアランのせなかをおしましたが、リーズはさっとにげて、コーラスにだきつきました。
　リーズの母親シモーヌは、「だめだよ！」とさけんで、ふたりを引きはなしました。シモーヌの気をそらそうと、リーズの友だちが声をかけます。
「シモーヌおばさん、おとくいの木ぐつのおどりを見せてくださいな」
「いやいや、もう何年もおどっていないんだから」
　シモーヌはことわりましたが、リーズが「おねがい！」とせがみました。
「じゃあ、しかたがないねえ」と言って、シモーヌはくつをぬぎすて、木ぐつをはきました。カタカタカタ、カタカタカタ、木ぐつを鳴らしておどるのです。みんな大よろこびで声をあげ、そよ風をうけながら、にじ色のリボンと花をかざったはしらのまわりで、ぐるぐるおどりました。

リーズのけっこん

ところが、きゅうにあたりがくらくなって、かみなりが鳴りひびき、雨がザーザーふってきました。

アランは、かさをさしましたが、風にふかれて、あっちへ行ったり、こっちへ来たり。しまいには、地面にたおれてしまいました。

リーズと母親のシモーヌは、かみもふくも、びしょぬれになって家に帰りました。

シモーヌが言いました。

「母さんはまた出かけるけど、るすちゅうに、コーラスに会うことはゆるさないよ。とびらにかぎをかけていくからね」

ひとり家にのこったリーズは、コーラスとのけっこんをゆめ見ています。へやじゅうおどりながら、コーラスのプロポーズをそうぞうしたり、赤ちゃんをだっこするふりをしたり。

そのとき、いすのうしろにかくれていたコーラスが、「リーズ！」とさけんで、とびだしてきました。

リーズのけっこん

「コーラス！　見ていたの？」

そのとき、ドアのかぎを回す音がしました。

「たいへん！　母さんが帰ってきたわ。早くかくれて。わたしのへやに」

リーズは、コーラスをへやにおしこんで、ドアをしめました。

シモーヌが入ってきました。

「なにか、かくしていないかい？　こっそりぬけだしたりしたら、もうゆるさないよ。さあ、自分のへやで、けっこんしきにきるドレスをえらんで、きがえておいで。アランが、お父さんといっしょに、けっこんのしょるいをもって、もうすぐ来るからね。そしたら、おまえはアランとけっこんするんだよ！」

「で、でも……」リーズはもんくを言おうとしましたが、シモーヌは「かってはゆるさないよ」ときびしく言いました。

リーズのけっこん

　シモーヌは、リーズをへやにおしこみました。
「にげられないように、かぎをかけておこう」
　まもなく、馬車のガラガラという音が聞こえてきました。
「ほら、来た！」
　シモーヌはうれしそうに立ちあがりました。
　ドアがあいて、アラン親子がさっさと入ってきました。アランの父親は、「けっこんのしょるいをもらってきたぞ」と、紙をふっています。
　シモーヌは、はくしゅをして、アランにかぎをわたし、リーズのへやをゆびさしました。
「自分で花よめをつれていらっしゃいな！」
　ところが、アランがかぎをあけると、中ではリーズと、そしてコーラスが……なんと、キスをしていたのです！
「おまえたち！」シモーヌがさけびました。
「母さんが、わたしたちを同じへやにとじこめたからよ。わたしたち、愛しあっているのよ」
　とうとう、シモーヌもあきらめて、アランとのけっこんのしょるいをやぶりすてました。

リーズのけっこん

　コーラスは大よろこびで、村のみんなに知らせてまわりました。アランもほっとしたようで、みんなといっしょになって、リーズのけっこんをいわいました。
　みんなで野原に行って、楽しくおどりました。

　リーズの家は、がらんとして、だれもいません。そこへ、アランがこっそりとやってきて……。
　おきわすれていた、だいじなかさをとりに来たのでした。

バレエについて

　バレエでは、ことばや絵を使わずに、音楽とおどりだけでストーリーをひょうげんします。作曲家は音楽を作り、ふりつけしが、おどりを考えます。

　この本でとりあげているバレエ作品は、喜劇、ロマンティック・バレエ、クラシック・バレエという、3つのタイプにわけられます。

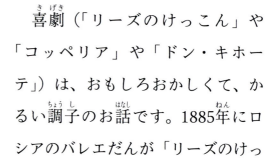

　喜劇（「リーズのけっこん」や「コッペリア」や「ドン・キホーテ」）は、おもしろおかしくて、かるい調子のお話です。1885年にロシアのバレエだんが「リーズのけっこん」をえんじたときには、ほんもののニワトリが舞台に登場したそうです。

　ロマンティック・バレエは、ようせいなど、なぞめいたそんざいが、ストーリーにからんでいます。女性ダンサーがさ

いしょに主役をおどるようになったのは、このジャンルです。ロマンティック・バレエの代表作「ラ・シルフィード」は、ふりつけしが自分のむすめのマリー・タリオーニのために作ったおどりです。そのときはじめて、足のうごきがよく見えるみじかいスカートが使われました。今では、バレエでは足を見せるのがあたりまえになっています。

「白鳥のみずうみ」と「ねむれる森のびじょ」と「くるみわり人形」は、3大クラシック・バレエとよばれています。ゆうがなおどりのためには、つま先で立ってバランスをとるポワントや、かた足をまっすぐのばして上に上げるわざなど、こまかいぎじゅつがひつようです。

時代とともに、新たなバレエ作品が生まれていますが、むかしながらの作品も、かわらずにえんじられているのです。

Ballet Stories for Bedtime
Retold by Susanna Davidson and Katie Daynes
Illustrated by Alida Massari
First published in 2013 by Usborne Publishing Ltd.,
Copyright ©2013 Usborne Publishing Ltd.
All rights reserved.
Japanese translation rights arranged with Usbone Publishing Ltd.
through Japan UNI Agency, Inc., Tokyo

ひとりよみ名作　バレエものがたり

2015年11月9日　　初版第1刷発行
2018年9月8日　　　第3刷発行

再話／スザンナ・デイヴィッドソン、ケイティ・デインズ
絵／アリーダ・マッサーリ
訳／西本かおる
発行者／塚原伸郎
発行所／株式会社小学館
　　　〒101-8001　東京都千代田区一ツ橋2-3-1
　　　電話　編集03-3230-5416　販売03-5281-3555

Printed in China　ISBN978-4-09-290611-2
Japanese text ©Kaoru Nishimoto

＊造本には十分注意しておりますが、印刷、製本など製造上の不備がございましたら「制作局コールセンター」(フリーダイヤル0120-336-340)にご連絡ください。(電話受付は、土・日・祝休日を除く9:30～17:30)
＊本書の無断での複写(コピー)、上演、放送等の二次利用、翻案等は、著作権法上の例外を除き禁じられています。
＊本書の電子データ化などの無断複製は著作権法上の例外を除き禁じられています。代行業者等の第三者による本書の電子的複製も認められておりません。

ブックデザイン●城所潤＋大谷浩介 (ジュン・キドコロ・デザイン)
編集●喜入今日子